Princesas & Princesas

Dados Internacionais de Catalogação na Publicação (CIP)
(Câmara Brasileira do Livro, SP, Brasil)

Sousa, Mauricio de
 Turma da Mônica princesas & princesas :
Romeu e Julieta : as 12 princesas dançarinas /
Mauricio de Sousa ; [adaptação de textos e
layout Robson Barreto de Lacerda]. -- 1. ed. --
Barueri : Girassol Brasil, 2018.

ISBN: 978-85-394-2094-0

1. Contos - Literatura infantojuvenil
I. Lacerda, Robson Barreto de. II. Título.

17-03710   CDD-028.5

Índices para catálogo sistemático:

1. Contos : Literatura infantil   028.5
2. Contos : Literatura infantojuvenil   028.5

GIRASSOL BRASIL EDIÇÕES EIRELI
Al. Madeira, 162 - 17º andar - Sala 1702
Alphaville - Barueri - SP - 06454-010
leitor@girassolbrasil.com.br
www.girassolbrasil.com.br

Diretora editorial: Karine Gonçalves Pansa
Coordenadora editorial: Carolina Cespedes
Assistentes editoriais: Carla Sacrato e Talita Wakasugui
Orientação psicopedagógica: Paula Furtado
Diagramação: Isabella Sarkis (Barn Editorial)

Direitos desta edição no Brasil reservados
à Girassol Brasil Edições EIRELI.

Impresso na Índia

Estúdios Mauricio de Sousa apresentam
Presidente: Mauricio de Sousa
Diretoria: Alice Keico Takeda, Mauro Takeda
e Sousa, Mônica S. e Sousa

Mauricio de Sousa é membro
da Academia Paulista de Letras (APL)

Direção de Arte
Alice Keico Takeda
Diretor de Licenciamento
Rodrigo Paiva
Coordenadora Comercial Editorial
Tatiane Comlosi
Analista Comercial
Alexandra Paulista
Editor
Sidney Gusman
Layout
Robson Barreto de Lacerda
Revisão
Ivana Mello
Editor de Arte
Mauro Souza
Coordenação de Arte
Irene Dellega, Maria A. Rabello,
Nilza Faustino, Wagner Bonilla
Produtora Editorial Jr.
Regiane Moreira
Desenho
Anderson Nunes, Lancast Mota
Cor
Giba Valadares, Kaio Bruder,
Marcelo Conquista, Mauro Souza
Designer Gráfico e Diagramação
Mariangela Saraiva Ferradás
Supervisão de Conteúdo
Marina Takeda e Sousa
Supervisão Geral
Mauricio de Sousa

Condomínio E-Business Park - Rua Werner Von Siemens,
111 Prédio 19 - Espaço 01 - Lapa de Baixo – São Paulo
SP - CEP: 05069-010 - TEL.: +55 11 3613-5000

© 2018 Mauricio de Sousa e Mauricio de Sousa Editora
Ltda. Todos os direitos reservados.
www.turmadamonica.com.br

Romeu e Julieta

Há muitos e muitos anos, na cidade de Verona, na Itália, viviam duas famílias que eram inimigas declaradas, os Montecchios e os Capuletos. Brigavam constantemente, atrapalhando a paz e a harmonia da cidade. O príncipe, cansado de tantas reclamações sobre as brigas das famílias, chamou-as e proibiu qualquer confusão. Se não obedecessem, seriam punidos com a morte.

Romeu Montecchio era um jovem muito divertido, corajoso e destemido. Adorava festas e não desgrudava de seus grandes amigos: Benvólio e Mercúcio.

Um dia, os amigos o chamaram para um baile de máscaras na casa dos Capuletos.

Romeu achou arriscado, mas os amigos responderam:

– Fique tranquilo! Ninguém vai reconhecer você.

O jovem Romeu, que adorava uma festa, e mais ainda uma aventura, aceitou a proposta.

O baile estava maravilhoso, as pessoas ricamente fantasiadas e as máscaras deixavam um mistério no ar.
Todos dançavam e Romeu convidou uma linda dama para ser seu par. Dançaram a noite inteira. A moça era alegre, divertida e muito bonita.

Mas, no fim da noite, Romeu descobriu que a jovem era Julieta Capuleto. Era tarde demais, pois os dois já estavam apaixonados.

Na noite seguinte, Julieta foi para a varanda de sua casa e falou com as estrelas, como fazia sempre que queria dividir seus segredos:
– Minhas estrelinhas, estou muito apaixonada por um jovem maravilhoso, mas é um amor proibido porque nossas famílias são inimigas. O que será de mim agora?

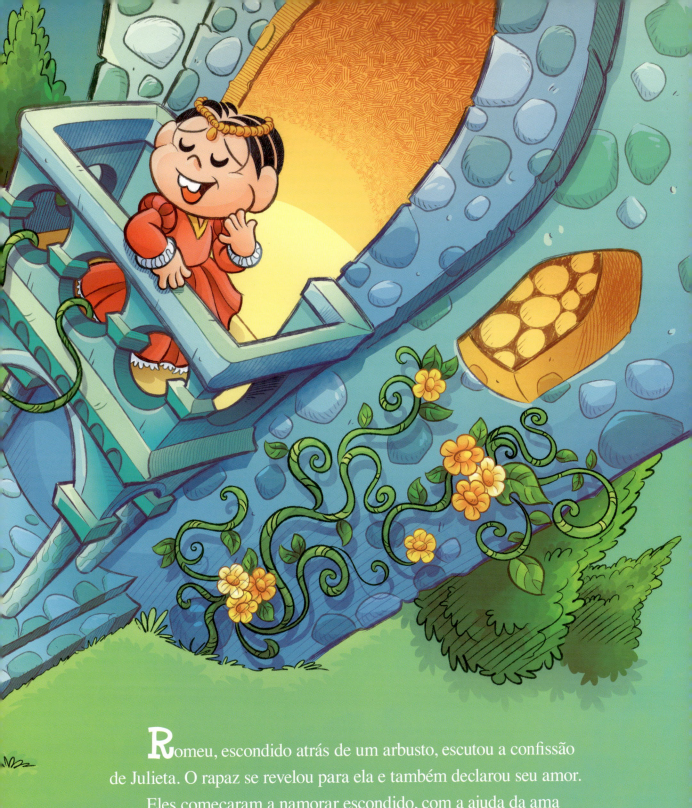

Romeu, escondido atrás de um arbusto, escutou a confissão de Julieta. O rapaz se revelou para ela e também declarou seu amor. Eles começaram a namorar escondido, com a ajuda da ama de Julieta, que combinava os encontros.

Depois de um tempo, os pais de Julieta chegaram com uma novidade: um conde havia pedido a mão dela em casamento e a cerimônia aconteceria o mais depressa possível.

Julieta, apavorada com a ideia de perder seu amado, foi contar a novidade para Romeu, pois precisavam de uma solução rápida para evitar o casamento.

Os namorados decidiram se casar e procuraram o frei Lourenço para ajudá-los. Mas como fazer suas famílias aceitarem o romance? Isso parecia impossível.

Mas não para a esperta Julieta, que teve uma ideia e combinou tudo com o frei e sua ama.

Ela tomaria uma poção paralisante para seus pais pensarem que tinha morrido e deixaria um bilhete com o frei explicando sobre o amor proibido. Eles ficariam tão desesperados por perdê-la que, ao descobrirem que ainda estava viva, estariam tão contentes que concordariam com o casamento.

Julieta tomou a poção. A família Capuleto ficou muito triste e a notícia da morte da garota se espalhou rapidamente por Verona. Romeu ficou atormentado com a morte de sua amada e correu para a casa de Julieta.

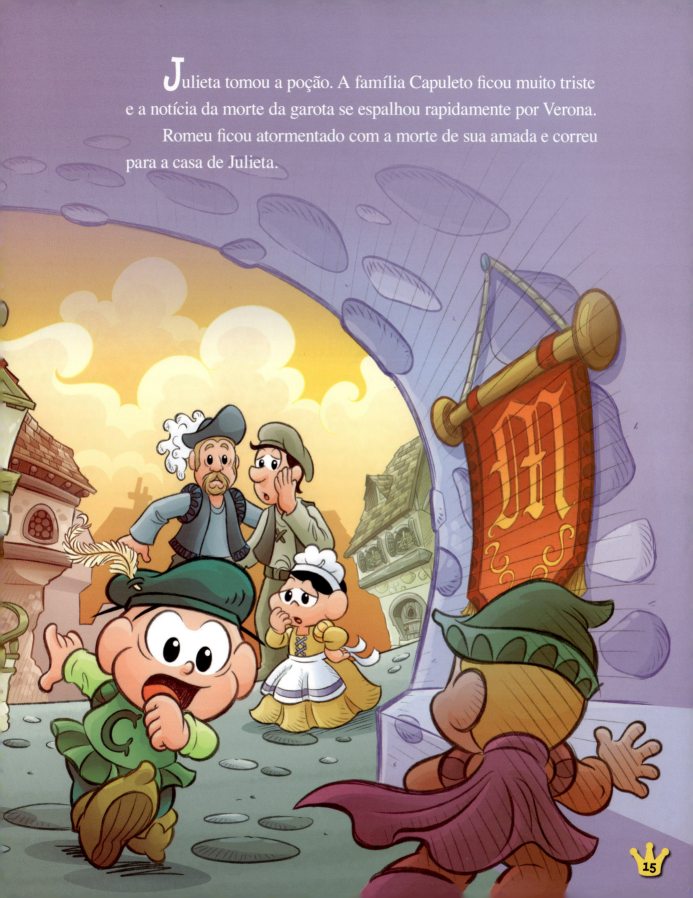

Ao chegar, Romeu encontrou a família de sua amada chorando. O jovem leu o bilhete de Julieta e contou a todos o quanto eles eram apaixonados.

Então, o senhor Capuleto falou:

– Meu filho, essa briga estúpida entre as famílias levou a doce Julieta. Gostaríamos muito de voltar atrás nas nossas atitudes. Se nossa filhinha estivesse viva, nós concordaríamos com o casamento.

Nesse momento, a poção perdeu o efeito, Julieta despertou e abraçou seus pais, emocionada. As duas famílias perceberam que o amor de Romeu e Julieta era verdadeiro e isso fez desaparecer o ódio entre elas. O casamento foi realizado com luxo e muita pompa. E eles viveram felizes por muito, muito tempo.

As 12 Princesas Dançarinas

Num reino muito distante, vivia um rei viúvo com suas doze lindas filhas. As princesas só queriam se divertir. Elas adoravam dançar e queriam festejar todos os dias, mas o rei só permitia um baile real por semana.

Certo dia, a ama das princesas falou para o rei que estava preocupada.

– Todas as manhãs, quando vou arrumar o quarto das princesas, encontro seus sapatos com as solas gastas, mas na noite anterior estavam novos. Como isso pode acontecer, se elas estavam em sono profundo?

Para desvendar esse mistério, o rei lançou um desafio. Quem descobrisse teria a bênção do rei para se casar com uma das princesas. Cada candidato teria três noites para solucionar o enigma das solas de sapatos gastas. Mas havia um problema: se não conseguisse, em vez da mão de uma das princesas, seria "premiado" com a prisão.

Assim, muitos foram os candidatos, mas nenhum conseguiu desvendar o mistério.

Certo dia, um soldado que voltava da guerra ouviu falar sobre o desafio e resolveu tentar. Conhecia um atalho pela floresta para ir ao castelo, então pôs-se a caminho. No meio da mata, encontrou uma velhinha carregando lenha e ajudou a pobre mulher, que ficou muito agradecida.

O soldado contou a ela sobre o desafio e a velhinha, que era muito sábia, aconselhou:

– Todas as noites, as princesas oferecerão um suco para você. Jogue tudo fora e depois finja que dormiu. Quando elas forem sair, vista esta capa da invisibilidade e siga as meninas para desvendar o mistério.

O rapaz agradeceu por tudo e seguiu rumo ao castelo.

Quando o soldado chegou ao castelo, os empregados mostraram seu quarto. À noite, a mais velha das irmãs trouxe suco. Ele jogou tudo fora e, em seguida, deitou-se em sua cama e fingiu que dormia.

A princesinha, acreditando que ele tinha caído no sono, foi encontrar as irmãs, que já se arrumavam como se fossem a um baile. Depois que elas estavam prontas, o príncipe vestiu a capa, ficou invisível e as seguiu.

A mais nova falou:

— Estou com uma sensação estranha, parece que seremos descobertas!

— Não seja tola – repreendeu a irmã mais velha. – O soldado está dormindo.

As princesas afastaram as camas, abriram um alçapão que tinha uma longa escada e desceram. O soldado seguiu as moças.

Passaram por um bosque com árvores de folhas de prata e de ouro. O soldado ficou maravilhado com a beleza do lugar e pegou uma das folhas como prova. O rapaz ficou tão surpreso com aquele brilho que tropeçou no vestido de uma delas.

– Ai, alguém pisou no meu vestido!

– Pare com isso! Se continuar assim, você não virá mais conosco – falou outra irmã.

Finalmente, chegaram a um rio com doze barcos e cada barco tinha um príncipe. Cada princesa entrou em um deles e o soldado seguiu a mais velha. O príncipe estranhou o peso da embarcação, mas seguiu para um lindo castelo do outro lado do rio.

As princesas dançaram com seus pares e só pararam ao raiar do dia, quando as solas de seus sapatos já estavam gastas.

Nas noites seguintes, as princesinhas repetiram o mesmo ritual. Passados os três dias, o rei mandou chamar o soldado para saber se havia desvendado o mistério.

– Todas as noites as princesinhas descem um alçapão debaixo de suas camas e passam por um bosque de prata e de ouro. Trouxe as folhas como provas. Depois, elas pegam doze barcos com doze príncipes e remam até um castelo, onde dançam a noite inteira. Por isso gastam seus sapatos.

O rei, surpreso, chamou suas filhas para confirmarem se aquilo era verdade. Diante das provas, elas não ousaram mentir.

O soldado escolheu a mais velha para ser sua esposa, pois já simpatizava com a esperteza da moça e ela também o admirava.

O casamento foi realizado com muito luxo naquele mesmo dia e todos viveram felizes para sempre.